《玖柒自說－謝謝你讓我把第三個願望放在心裡》

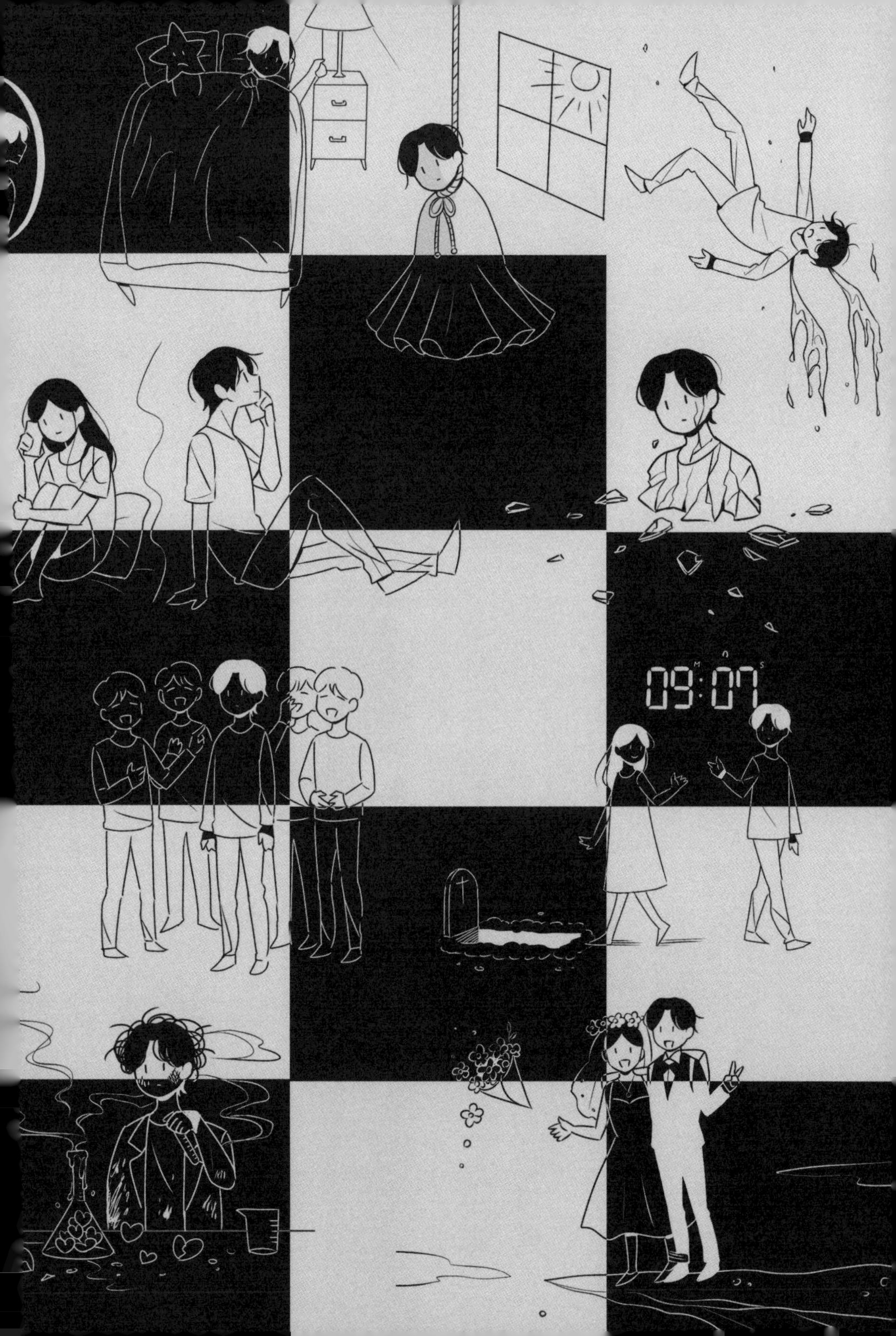
09:07

前言

寫詩不是為了越寫越好而寫的，這一直都是我記錄情緒和生活的一種方式，也許哪天找到更好的方法也就不寫了。

其實要和身邊的人分享自己寫的東西，比和陌生人分享要難非常的多，就和分享自己最喜歡的歌單一樣，很多時候感覺就像是裸體一般，要把藏的很好的情緒搬上檯面，是我掙扎很久的地方。

我一直都認為一個人沒辦法獨自消化的情緒，更需要分享，或許哪天能明白，哪怕滿目瘡痍的身軀，依舊渴望擁抱的那份執著。

寫字是活下去的方法嗎？

不，它僅僅是還沒放棄的理由。

目錄

我 10
你 78
他 128
我們 150
願 178
明天真的會更好嗎 228
那些存在的虛構 286
電影 308

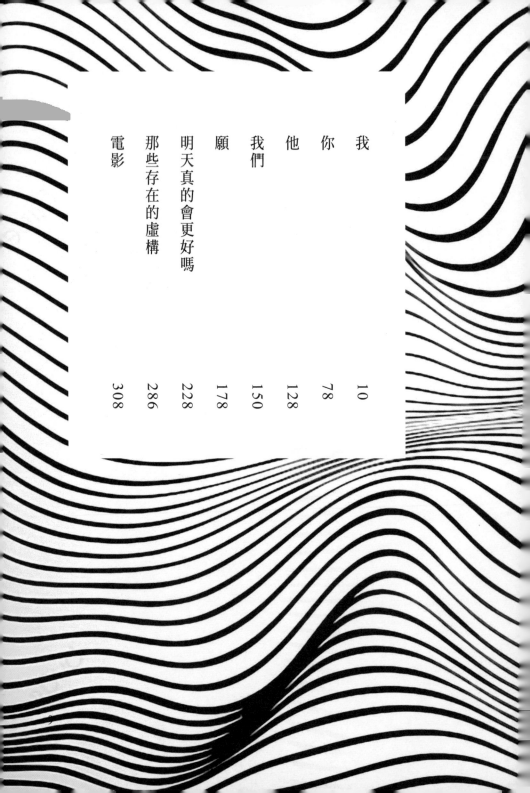

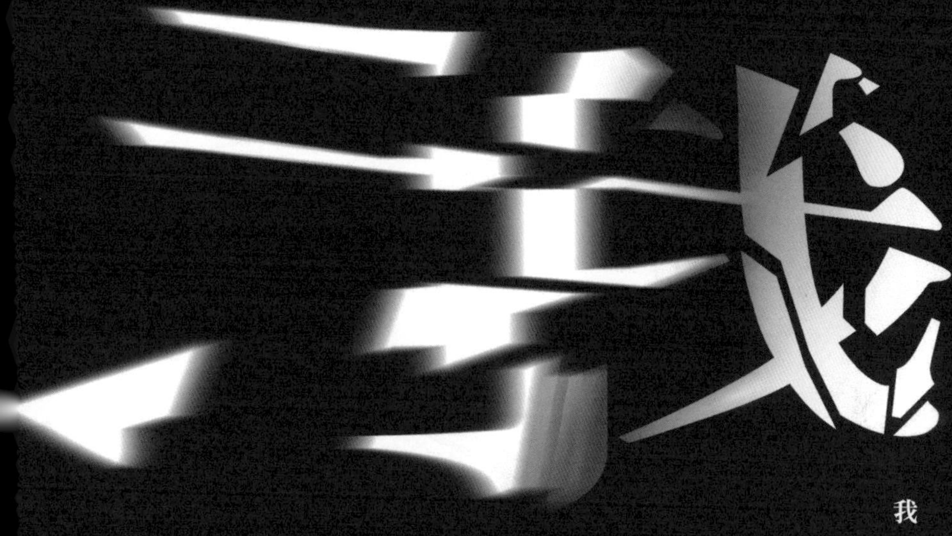

我

壞掉了又如何，
只要沒打算好起來，
那只會覺得本來就該如此。

玖柒

你死去的日子，借我
作為往後我生活裡的全部

每當人們提及
我便為你難過一次

當哪天不再難過了
我會說那是我的出生年

不會有人懷疑
連我也會忘記
忘記難過
也忘記你

你死去的日子，借我
作為我往後生活裡的全部

不上不下

有時候你不能確定
你現在是在往前
還是在往下逃跑

他們說的條條大路
在你眼裡只有一個方向

你也不能知道未來伸出手的那個人
手裡是否拿著剪刀

矛盾的卡著
我知道我不應該因為這樣封閉自己
但我的時間卡住了
不上不下

我確定我是難搞的人

我最近不太清楚自己是怎樣的人，有些可以很明確地說出來，我有很嚴重的拖延症，儘管我會把所有的事情都記在手機上，我還是會把事情拖到最後一刻。

我不喜歡大多數人、但喜歡擁抱、不喜歡花，卻樂意送花，不喜歡被惦記，卻會因為被記得大小事竊喜。

我內心有個許願池，可能要等到某個人出現，我才願意擲出手中的硬幣，等到確定他能包容我的一切，等到確定他可以吹散我心裡的那些烏雲，我才會告訴他，我的心願是什麼。

我很確定，我是庸俗又難搞的人。

我的無私應該被獎勵

我試過把情緒穩定
後來決定把平靜都留給更需要的人
把躁動留給自己

醫生獎勵這樣無私的我
藥量加重
繼續觀察

別裝作你很懂我，我自己都不懂。

認識自己

我是個想在和人相處的時候無情
在獨自一人的時候多愁善感
是一個擅於自洽的人

不對
我是個自私的人

我不參考別人的建議
卻想知道別人怎麼看我
我不在乎地球往哪個方向轉
雨從哪裡開始落下
堤防從哪個洞潰堤

害怕被人發現
恐龍的死亡與我無關
卻又期待被同一塊隕石吞沒

我只想置身於陌生的車輛中
陌生的人群裡
彼此間一無所知
直直地目視前方

在那未來還未來的日子裡
繼續迷茫地誤解自己

我學會和我的病獨處

觀察
假裝
獄卒也有鬆懈的時候
適應
等待
做足準備
逃開現況後仍稱不上痊癒
他總能找到我，帶我回去

離開的那一時半刻
也是值得期待

在這樣無盡的循環裡
我學會笑著和他說
待會見

總有些什麼，會繼續下去

青春已經過了
回憶繼續播放
路燈已經亮了
星星繼續藏
雨已經不下了
傘繼續撐
人已經離開了
信繼續寫

玫瑰已經枯萎了
水繼續澆
傷口已經結痂了
心繼續痛
他已經死了
我繼續活
是的
就是這樣的
我的世界就是這樣的

寫不是為了越寫越好

沒有一次寫是為了越寫越好
更多時候只是為了紀錄

關於那些深怕錯過的情緒
和沒敢說出口的字

寫多了，錯覺也就多了
經常錯以為自己擅長負面文字
其實是自己身陷其中而不自覺

標點符號

如果說詩詞
是減法

音樂
是乘法

散文
是加法和備註

那記錄下這些的我
會是怎麼樣的
標點符號

是你告訴我，破碎也很美

遍地的碎片
是我，也是你來過的痕跡
我的
你的
誰的
已經不再重要
反正，都曾是我
像夜空中的星星，卻不再閃耀
但同樣承載著故事的片段

像一幅未完成的畫作
在每一個裂痕中，掩埋了希望
卻又等待著誰來補全

是你告訴我
破碎也很美
在你親手打碎我以後

或許在那一片片之間
未能相擁的我們
才是真正完整

我希望在這輩子人生的巔峰猝死

我希望在這輩子人生的巔峰猝死

在我最有成就
或是最多人認識我的人生的時候
一聲不坑的離開

這樣別人提起你
只會遺憾
覺得你如果還活著
可能會更好更厲害
殊不知那已經是這輩子最好的你了

你便不會被人看到從山頂墜落
逐漸走下坡的醜態
被當初看好你的人否定

那種遺憾
比死還不能接受

我想在那個時刻到來之前
在荒蕪的草原被一道華麗的閃電霹死
刺眼奪目 轟轟烈烈
且也悄無聲息的化成粉末
世上的一切浪漫也在剎那間索然無味

一地的焦黑
證明我存在過

我不是，現在不是，以後也不會是

自己的生活本來就不該有任何舶來文化的影子
活成什麼樣就是什麼樣

不該去寫那些你沒有的東西
所以我也不會強迫自己寫陽光正面的東西

我本來就不是那樣的人
現在不是
以後也不會是

我知道我很喪

我很喪

我對一切都感到黑暗
每個善意我都先懷疑背後的利益

我喜歡電視劇裡的反派
我著迷於漢尼拔紳士優雅的犯罪藝術
我羨慕 Joker 可以不用化妝只做自己的
小丑、不計後果
以及諾曼·史丹菲爾的真實和痴狂
反正放棄人生者自有其魅力

對於那些
希望我開心起來的人我只能說

我盡量
但你別抱希望

我認為人間挺好的，它沒有錯，人間值得，不值得的是我。

要一直寫，直到一切消亡為止。

我的快樂蓄謀已久，卻無從下手。

我的心裡有個盒子從來沒被打開過，因為我不曉得開了以後，我還會不會在。

我害怕

我害怕高
我害怕胖
我害怕咒怨
我害怕遺忘
我害怕想起
我害怕人群
我害怕社交
我害怕尷尬
我害怕誤解
我害怕發作
我害怕醫生

我害怕吃藥
我害怕你拿走我的藥
我害怕病情惡化
我害怕別人相信我
我害怕過的太幸福
我害怕好久不見
我害怕再見
我害怕失去
我害怕挽留
我害怕被關注
我害怕參加忌日

我害怕沒人關注
我害怕睡眠
我害怕做夢
我害怕醒來
我害怕回憶
我害怕關心
我害怕同情
我害怕落髮
我害怕過敏
我害怕失明
我害怕失聰
我害怕車禍
我害怕酒駕
我害怕承諾
我害怕眼淚
我還怕遲到
我害怕嘗試

我害怕失敗
我害怕習慣
我害怕撞衫
我害怕推銷
我害怕接電話
我害怕被嫌棄
我害怕養寵物
我害怕髮廊的假髮
我害怕有人要我笑
我害怕寫不出東西
我害怕司機找我聊天
我害怕安排好的行程
我害怕遊戲帳號被盜
我害怕喜歡的東西被買走
我害怕有人跟我借吹風機
我害怕備忘錄被刪除
我害怕聽到加油

我害怕聽到一切會好起來的屁話
我害怕算命，害怕他告訴我還要活多久
我害怕被刪除英靈殿的訊息
我害怕看到喜歡的店家關門

我害怕我想離開被人知道
我害怕我離開後沒人知道
我害怕我能接受所有我害怕的東西
還微笑的和你說
我沒事

我害怕你問我怕什麼
而我卻要一一回想我怕的東西

如果說人一輩子要有一次記錄下自己害怕的東西
那我希望僅此一次

我不是個好人

我從沒說過我是一個好人
即使在我還沒做過任何壞事的年頭

我甚至不曾挑明了說
我到底有多不相信感情
我無法維持我身邊的任何關係

所以每次直到某一時刻
我都必須捫心自問
這是正確決定的機率有多渺茫
這樣的患得患失
讓我註定沒辦法走進任何一段關係

我常常希望我笑的時候
別人就覺得大事不妙
我一開門
所有人都急著往外逃

我特別想做那種
別人一看影子就知道是壞人的壞人
即便這樣
我還是想和別人藏在影子裡的那些
做個朋友

好人嗎？
過了這輩子我再做個好人

負五十

不知道從什麼時候開始，我和任何人接觸，信任值和好感度，都是從負五十分開始，討厭的不多不少。

我完全沒辦法相信對我好的人，或是接下來遇到的每個人，我身邊的朋友，都是從負五十苦苦熬過來的傢伙，一個個都是狠人。

我就連愛我的人，我都沒辦法信任，醫生一直說我這個很病態，每當有人想愛我靠近我我往往會先出擊傷害對方，讓對方知難而退。

我後悔啊，每次都很後悔，一個人默默地後悔，接受並且下一次再來一次。

我也不想

我也不想都讀悲傷的詩
寫難過的字
我想要我的墨裡看得到其他顏色
臉上不只一種表情

但我發現
我能做的真的只有這樣
連詮釋笑容的方式都和別人不同

我的世界
只有破碎
沒有太陽

部隊裡的電話亭

每一次的電話時間
大家都搶著排隊
實際上他們可能也說不上什麼想念
只是迫切的想和外面世界取得聯繫

我沒有去打電話
也不知道應該打給誰
我想這個年代沒有人會接陌生來電了吧

好吧，我必須承認
我可能害怕打了沒有人接
那多尷尬啊，我會多討厭自己啊

不對，真的不對
我更害怕的是電話接通以後
我會發現，世界照常運轉
身邊的人，沒有我也過得很好
這可能會讓我消失，我害怕消失

不要誤會，我超想消失
但我害怕知道世界根本不會在意我的消失

我想像撲火的飛蛾那樣幸福，但卻沒有任何一處的火，願意擁抱我。

我沒有在哭的時候，也變得不再愛笑。

一直沒有辦法在放棄自己和放過自己中取得平衡。

我不喜歡加油

我不喜歡加油
也不喜歡都會好的

前者是最不負責任和敷衍的問候
貌似說了就是一種關心
但其實和貼文按了喜歡一樣

沒什麼意義
甚至還帶有壓力

而後者
你一直告訴我都會好的
可是你又知道了？

更何況不好又怎麼樣
你又從哪裡得知我不滿意現在這樣一直抱怨的生活了

不就是日常崩潰和日常呼吸罷了
生活不就是將這兩樣包裝起來反覆經歷嗎

我不想長大

成長勢必要
學習如何消化

但我都
快把自己消化沒了
情緒卻一絲不減

一直到自己不見
留下滿地的情緒
被別人用拖把清理乾淨了
看著乾淨的地面映著陌生的臉
我才發現
我不想成長

那些背道而馳的身影

一道誓言
一聲雷響
一句永遠
一句再見
一趟公路旅行
一場無聲告別
一輛車越行越遠
一些雨水甚至來不及落下

被留下的人才沒辦法活

在你走後
太習慣把大家，當成是你
認識了越多人後，越不認識你

你走的太快
我沒來得及認識更多人
也沒有多餘的自己
和你辯答

我這裡還有
一些認識你才明白了的自己
還沒和你相認

我好想像你離開的那樣，離開你
但所有離開的方法都會讓我，走向你

期待

希望任何人都別對我有所期待
無論是好的或者壞的

每次期待都會影響我意識上的自由
是在我嚮往自由時的一種道德綁架

我活不成你們想象中的樣子
別再對我有半點想象了

我不是
我連我盡量都懶的說

我真的只是喜歡黑

我喜歡黑
只是開關不在床邊
你離開的時候
能不能記得順手關上
我不在意你離開
我只是希望你關燈
我不是害怕別人看見
孤身一人的我
我真的
只是喜歡黑

魔術師

為了一批批的觀眾
一次次的剖開自己的身體
每一次都確認過
裏頭確實沒有東西

每次完美結束後的掌聲
並沒有讓我感到滿足

他們不知道
我多希望魔術失敗
讓他們忘不了
我最後的演出

你要的愛，我做過

你已經不需要知道了
崩塌的房屋
是否還有再重建的必要

已經不用告訴你了
那片曾經想要和你分享的天空
雨停的時候
應該也不必出門了

現在的我已經不用告訴你了
你要的那些愛
我做過

你要的愛，我做過

當然性愛是其中一種含義，但更多的是想說兩個人相處的時候，那些因為不想吵架，因為對方而做一些自己很不自在的事情，那種勉強做出來的愛，多半是痛苦的。

很多關係有了一定的時間以後，即便相處上有些不舒服或不自在，通常也會選擇忍耐或逃避不去直視這些缺角，是愛或是賴著，反正都是做出來的。

如今我終於可以自然的說出你曾經要的那些愛，我做過，而且我不喜歡；但也是如今，已經沒有再告訴你的必要了。

我的世界

我的世界就是這十幾平方的空間，倒數、許願、大笑、崩潰，所有的一切都在這裡，曾經聽過有人說，你的認知決定世界的邊界，多虧了網路，我的認知很廣，我知道外面的世界很美很精彩，還有很多事情值得去追求，但我的門是鎖著的，我出不去。

也許哪天，我會找到開門的方法，也許那天，門外的世界已經不再精彩，在門口守候的人們只留下了道歉的紙條，

所以，為什麼道歉呢？錯的明明永遠都是我。

我知道外面的世界很美很精彩，還有很多事情值得去追求，但我的門是鎖著的，我出不去。

我的世界

我不知道該怎麼向你開口
現在我的世界是這樣的

思緒浸泡在酒精
靈魂很安全
現在我的世界是這樣的

我的世界還是這樣
一樣的十幾平方
情緒從門縫溢出
寫下一封又一封
從沒寄出的信

標題可能是
你還好嗎 現在 是很久的
以後了

被名為自由意志的水柱濺了一身

被淋濕的人們不在乎雨水
雨水在歡笑聲中顯得卑微

有人跳耀
有人飛行

所有的悲傷
被名為自由意志的水柱澆滅
虛無主義的筆無處宣洩

在人群中
被狠狠的駁回

自我毀滅

我將每個擁抱我的人
燒成粉末
用吸管將他們吸入口中
吐出時變成泡泡
每個都能折射出不同的我
直到多到將我淹沒
是來不及
還是不願意呼救

如果我相信你，我便沒有了自己。

我不需要最好，不錯很好，錯了也好。

即便我是火束中最冰冷的火苗，依然沒辦法擁抱雪山的雪花。

我相信多數人都有自由意志，卻沒有匹配自由的意志。

思念燃燒得比我想得更快，我篤定地認為，這是大火在嫉妒。

原來自我懷疑累積一定的量，也能是病發的誘因。

就算天空再也不放晴也沒有關係

就算天空再也不放晴也沒有關係，因為一起撐傘的時候，我們靠得很近，沒有留給雨水空間，我們黏得很緊，撐一把傘都要十指緊扣。

雨聲很雜，你的聲音很清晰，儘管狼狽，這卻是我能喜歡上的雨天，是一種沒說出口的喜歡，我說我很討厭雨天出門，但能見到妳，所以沒有關係。

故事的後篇，儘管不會再有交集，但我們淋的還是同一場雨，所以就算天空再也不放晴也沒有關係。

畢竟妳離開以後，我再也找不到出門的理由了。

那塊石頭裡真的有愛嗎

為什麼墓碑上需要刻有名字？
人們需要墓碑才能記住離開的人？

當記憶隨風飄散
被定格在石頭裡的
是愛，還是生者一部分的自己

在沉默的墓地裡
過往仍在迴盪
那些無聲的話語
提醒我們，愛與記憶也會消逝

墓碑上的名字
是一段故事的終點
我們試圖用石頭記住他們
同時記住我們無法挽回的自己

我們自顧自的
將自己無法承受的悲傷
交由這片土地承載

每個名字
都是一個無法再生的夢
只有在這寂靜中，我才終於明白
離去的不僅是他們
而留下的，也不會再是自己

為什麼墓碑上需要刻有名字？
或者說，為什麼人們需要墓碑才能記住離開的人？

第三人稱

怎麼會把有自己之前的故事寫成文章的習慣？

其實是因為之前有段重憂重躁特別嚴重的時間，每次發作都會間歇性失憶，不要說之前的事情了，嚴重的時候甚至連自己都記不得，所以現在習慣都寫下來。

所以到現在也養成，用第三人稱說自己故事的能力，彷彿是在講述另一個人的人生，那人生裡遇過的很多人也和我沒關係了，留下的只有那個破碎的自己。

在我看來，即便是自己的回憶，都挺抽象的。

我什麼都不會

如果哪天
不再覺得活著是有趣的

時間從那一刻起
便多到再也用不完
而能和你一起分享這些時間的人
不再出現在你的生活裡

現在的我除了變老以外
什麼都不會了

被環境忽略的人

重音一次又一次
將海浪拍上岸

霓虹熱衷藏身於煙霧中
酒精映出人群的剪影

燈紅酒綠在這裡被統一成黑色
但我感受不到他們的霓虹

這時我才知道
原來情緒的感染
也挑人

原來氣氛感染也挑人

被朋友帶來這個類似夜店的場合，煙霧瀰漫，他們開始FUN，DJ和人群都賣力地展現自己，是酒精還是氣氛，這一刻都不再重要。

在這一片黑暗裡，好像只有我很茫然，我像是置身於陌生的車流中，彼此間一無所知，直直的目視前方。

原來被再大的音樂、再多開心的人包圍著，也不能改變一個註定安靜的人。

這感覺真的很奇怪，倒也不是格格不入，但我是真的不知道他們在開心什麼，為什麼我沒辦法像他們那樣。

我的當下

我知道出去玩就是要放下手機，享受當下，但我的情緒好像來的比較慢，回憶又走的比較快，往往只能靠當下記錄下來的文字或影像來確定自己那天活著。

我的回憶本身就是碎片化的，嚴重的時候就像是每天都在斷片，彷彿只有冰箱上越來越詳細的便條紙能給我安全感。

或許，我的當下，只有被想起時算數。

或許，我的當下，在遙遠的以後吧。

過山車瘋狂地瘋狂地往後退啊

對於新年願望
遺憾的做到的沒有幾項
雖然也早有預料

每天運動，但病情更嚴重了
基本上每天吃的藥趕上之前每週的量
祈禱哪一天能被槓片上的重量壓垮

脾氣沒有變好
也沒有因為什麼開心過
眼淚倒是流了不少

好好睡覺的習慣也沒養成
還是一樣不敢把刀遞給信任的人
把沒事掛在嘴邊
今天也推開了幾個關心的朋友

沒找到想珍惜的人事
同樣在濫用文字
消費情緒

溫柔的對待自己
但每次溫柔都讓自己看起來更難堪一些
如果變得有用是一條直徑向前的路
那我肯定是坐著過山車瘋狂地往後退吧

抱歉，泰戈爾先生

泰戈爾說過：你要活成一道光，因為你不知道，誰會藉著我的光，走出了黑暗。請保持心中善良，因為你不知道，誰會因你的善良，走出了絕望。請保持相信自己的力量，因為你不知道，誰會因為相信你，開始相信了自己。

但是泰戈爾先生，你不知道的是，人們都因為你走出了黑暗，誰留下來在黑暗裡陪我，是絕望。

他們留下的絕望，是少數真正屬於我的東西，唯一能讓我相信我存在的東西。

所以泰戈爾先生，希望你和相信你的人，都能成功找到自己想找到的東西。

而我呢，雖然也曾想過離開，但我暫時還辦不到，或許也逐漸適應了，現在的我學會在黑暗裡點著火把，等待著黑暗裡的誰，能讓我分享溫暖。

我不在乎此時此刻誰相信了自己，也希望你不要太在意這些，人們除了相信自己以外，還有很多活著的辦法，而活著，真的不一定要成為光。

你不了解我

你不了解我
對我產生興趣
所以選擇靠近我

現在你了解我了
我不怪你離開

任何一點
都不足以成為原因
所有一切也都是原因

要是我有選擇
我也會離開這樣的自己

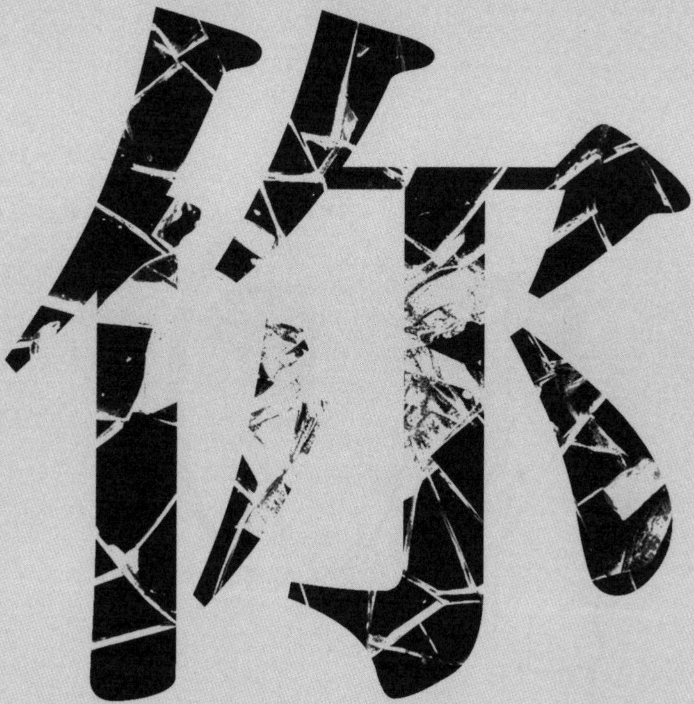

你

是你的話，
破碎一點也沒關係。

烏雲背後藏些什麼，已經不重要了

雨落下來了
在我看見你的時候

那是你最後一次
願意走向我

可惜那時
我還來不及把烏雲驅走
沒機會和妳解釋
烏雲背後，是不是真的藏有太陽

你已經先一步
讓我明白
落下的雨水，是我的不安
而地上的積水
是你離開的理由

小雨的浪漫

你之前說過
雨落的時候
是無聲的

塵埃落定比我想的
要來得更早

但我沒告訴過你
雨落在你的身上是
與我心跳產生共鳴的
重低音

雨天娃娃

我想過為你祈禱晴天
我不知道你討厭陽光
我試圖為你驅走烏雲
後來才發現只有你這下雨
而我卻沒手為你撐傘

或許，這些都是自由

雲飄向何處無人過問
雨原先沒有要在任何地方落下
青草在被踐踏前也有過夢想
蟲鳴從不擔心被人聽見
月亮也不在白天躲藏

而它們都同意
任由我寫下這些

晴天娃娃

妳不需要我為妳撐傘
沒有關係
但我還是想為妳做一件事
我會準備一根繩子
把自己懸吊起來
繞過後頸
做一個歡迎妳回家的
晴天娃娃

生理時鐘

它告訴我什麼時候要起床
什麼時候要吃飯
什麼時候要睡覺

我一直認為不過如此
一直到認識你以後

沒想到它還學會了
告訴我什麼時候要開心
什麼時候要難過

每一分情緒都來得那麼剛好
沒有一點被浪費
全表現在臉上

和你當初承諾的一樣
你成為我的日常
關也關不掉

做那些荒謬的事情只會讓我更想你

在太陽底下
擁抱月亮
在大雨中
點燃香菸
在日記本裡
寫下昨晚的惡夢
在生活裡做一個好人
在人群裡做快樂的人

在快樂的時候哭
在難過的時候笑
在想你的時候寫下應該做什麼
然後什麼也不做
就是寫
就是想你

難忘的不是音樂，一直都是你

據說在死前
耳邊會響起最喜歡的音樂
會是和你一起聽過的這些那些

那在音樂發明前
人是不是都死的安安靜靜

我不需要音樂
也不嚮往安安靜靜

我只希望死前能聽見你的聲音
不是挽留是祝福
不是難過是開心

是不用交代餘生的託付
是我最喜歡最溫柔的聲音
是我的一種如願以償

是你

由你命名的星

放手去做的意義
永遠大過手握的箭

箭指月亮
無論中間穿過多少
歲月銀河

它會在妳需要的時候
停留在一顆星

而那顆星
將由你命名

Olive.

你的星星是屬於你的，
是沒有人解釋過，是別人不曾有過的。

新年快樂

和路過的每個人道聲
新年快樂
可惜擦肩而過的時間
來不及把後半句說完
不快樂也沒關係
年還是要過
沒有願望也沒關係
反正沒哪年真的期望能實現

大家在慶祝
你哭泣
這不是掃興
你只是自私的獨享著悲傷
像歷年那樣
像往後那樣
他們都不願意告訴你
那樣的你很漂亮

是妳讓我知道，擁擠也能很浪漫

今年的煙火特別的美
不確定是不是因為有妳在身邊

擁擠的街道
我們靠的緊密

此刻被人群包圍的我沒感到慌張
是因為你緊握我的手嗎
我沒明說

如果此刻時間
可以過得再慢一點

今夜不再有倒數
煙火在我們手心綻放

眼前的人潮
我希望是永無止境

為你寫詩

要是哪天
我寫的詩不再這麼難過
那我會開始準備寫你

我想替你寫快樂的詩
像太陽一樣的文字

用我從沒寫過的方式讓你知道
自己有多好看
我有多喜歡妳

若哪天你收到我寫的詩
請不要馬上閱讀
讓我繼續藏在詩裡
默默喜歡你

我想見你的時候

伊卡洛斯不再墜落
月亮也停止追趕
星星也停止閃爍

大雨停在半空中
風忘記自己該吹向哪裡
所有的所有
屏氣凝神

就是那時候
那是我想見你的時候

別拽了！我是不會告訴你的！

我會告訴你美好的
是巧合是驚喜
不是你

放棄吧
就算你拽著我的嘴巴
我也不會告訴妳

是你
從頭到尾都是你
美好的所有一直一直都是你

我喜歡你，你的負面，你

你並不等於
你的負面想法

但確實是你的負面
造就了現在的你

不過別擔心
我並不討厭

我喜歡你
你的好
你的壞
你

是留下，不是逃避

許久沒來
已經不記得拉下的鐵門後面
曾經有過些什麼

好的壞的
都沒被帶走

也總是在不幸福的時間
才想到要讀你
最近的消息

沒人比你更適合告訴我
錯過的那些 都被好好的善待了嗎

你說的算

見面後的夜晚
不再是天空說的算

你說了再見就是天黑
你醒了我就願意升起

雲朵將一切看在眼裡
月亮和太陽同時阻止它開口

靜靜的等待結果
等待我識趣的離開

失／回憶

隨著失憶和重拾回憶的經驗累積，後來我慢慢發現，忘了並不難過，難過的都是想起來的時候。

所以在往後的日子裡，我希望假如我忘記一個人，便能好好的、徹底的忘記，以免哪突然想起來時，好不容易曬乾的心情，頃刻間又潮濕了起來。

假如我忘了你，希望我不必想起來，你也可以過得很好。

羽毛球，我一握拍，你就離開

用最重的話
擊在最輕的你身上

用最快的速度
離開我的掌心

注視著離開的軌跡
卻沒等到你回來

鬆開掌心
隔著網
悄悄地偷看
是誰把你撿了起來

不是愛你，愛本身就是你

詩人的愛沒有比較特別
只是很多時候
月色是你
鮮花是你

句句沒有寫出你名字
卻什麼都是你

不是愛你
愛本身就是你

如果沒有你的話
我寫的全都是自己

沒必要和夢較真

睡了一整天
夢裡去過的地方抵過我清醒的一整年
陪伴我的是不同時期的你我他
同樣的是清醒後你們都不在了
我想出現在你的夢裡
沒有人會跟夢較真

當我真的掉進你的夢裡時
如自由落體
摔碎在地上
你並沒有接住我

春天和秋天真的消失了，往後我該如何回憶我和你相遇的季節。

我希望我身上的每種情緒，都留下你的簽名。

好在全世界還有你懂，我不是提倡死亡，我是嚮往善終。

花太多時間想你，浪費的時間便有了意義。

再三確定你的到來，卻忘了留意你的離開。

我好想像你離開的那樣，離開你，但所有離開的方法都會讓我，走向你。

幻滅，是所有我曾經，和妳一起經歷過最美的事。

兩年前的今天，和你說了再見，而現在，我覺得你一直都沒有離開過我。

笑話

幸好有你
讓我能夠時常提醒自己
我的所作所為
我的一舉一動
都是某人微笑的理由

不因為什麼
只因為我是可悲的笑話

我知道我應該為自己感到驕傲
因為這不是每個人都可以做到的

所以開心就笑吧
淹沒在笑聲裡的我
多少也有點價值了吧

什麼也不等了

不等紅燈了
不等雨停了
不等流星了
不等花開了
不等快樂了
不等下個季節了
不等世界末日了
不等誰來敲門了
不等羅輯的咒語了
不等楚門找到出口了
不等伊卡洛斯墜落了
不等薛西弗斯爬上山頂了

真的
不等你了

我很想聽你對我說 那四個字

那時候我說
這不是一個值得慶祝的日子
你任由我說，沒有反對
但在每年的這個時候
無論你在哪裡
你總是會出現
陪我靜靜過完日常的一天
今天也一樣
我很需要你出現

拜託
我需要你來告訴我
這樣不值得慶祝的日子
也不需要難過了
因為有你
我需要聽見你和我說
那四個字
「　　　　」

我其實更想聽你說

在我說想死的時候
你驕傲的認為我是希望妳阻止

其實我更希望的是
能和你一起規劃時間地點
一起歸還借來的星星
一起熄滅每一塊蛋糕上的蠟燭

還有最後
在不大的房間裡
聽我說我這麼決定的原因

然後
笑著道別

匯入與輸出

原來回憶是這麼昂貴
不大的容量
我得努力好一陣子

原來回憶是這麼廉價
兩個按鍵
就能複製再複製

原來回憶是這麼的脆弱
輕輕一折
可能就毀於一旦

這才知道
原來我僅有的一切
正被拿在你手裡

隧道裡

如果能一直開下去就好了
如果能不出來就好了
如果天不會亮
我就不會害怕黑暗了
難過不會太久
開心也是

終會有出口
這不算什麼
長不過一座隧道的暗
我是和光一起竄進來的
把我融入
讓我停下
伸手不見五指，真好
伸手便能牽你，真好

葬儀社可從來沒有休息過

每天都有人離開
葬儀社可從來沒有休息過

死亡離我們並不遙遠
即便我以為我跟它很熟了
但它來時同樣沒和我打過招呼
自顧自的挑選這次要帶走的人
手指一遍遍從我頭頂滑過
卻總會剛好落在我在意的人頭上

你必須知道
這種事永遠沒辦法習慣

這幾天
收拾著那些
妳走了卻沒帶走的東西
衣服、照片、枕頭、還有我
並不意外，我是最難收拾的那個

我記得週一病危的那天
我趕到醫院的時候妳好轉了
我的逞強果然是遺傳妳的

雖然很艱難的才發出聲音
但妳還是和我說了拜拜
我才知道
是真的

真的，我還記得

今天特別想妳，印象中有一次在病床旁邊照顧妳的時候，我在寫詩，妳因為看不懂字，要我唸給妳聽。

我記得很清楚，我那時候正在寫《真的會有人記得嗎》，內容是在寫道別，為了唸給妳聽改變了很多方向，所以我讀的很彆扭，但妳還是說很溫柔。

每次都這樣，不管我寫死寫暴力、寫放棄，妳都覺得我寫的很溫柔，每次都這樣。

那天妳問我，妳走了以後，會不會有寫給妳的詩，我沒有回答，因為好多好多話都是寫給妳的，我仗著妳看不懂，在妳身邊寫了很多給妳的字，一直以來都是。

太習慣把大家，當成是你，認識了越多人後，越不認識你。

我不相信永遠，但我相信你。

沒有辦法和你一起活著，是我唯一感到遺憾的事情。

沒有你的話，我寫的全是自己。

如果一個問題自己一個人找不到答案，那便去找有解答的人，或者，直接放棄解答也放棄人。

健康和快樂不能併存，幸好妳一直都是快樂，而我並不健康。

喜歡不成就去討厭吧，反正都是為了自己啊。

結束的沒頭沒尾才是所有關係最好的結果，願所有離開的人，都能找到更好的自己。

鏡頭下的你我

每個瞬間即永恆
一閃的白光是部時光機器
每一次按下快門
便將世界裁切成特定比例的方框
我不喜歡那樣的條條框框
但我喜歡條條框框中的你

我喜歡那樣的笑容
即便演都演的有點假

我喜歡你
喜歡你在鏡頭上擁抱我
更喜歡你在鏡頭外嫌棄我

我就喜歡你那麼嫌棄我
還是得抱我

：成熟的人不會挽回。

：那是不愛的人。

當我嘗試用文字勾勒你的輪廓，
我才發現那是對你的不尊重。

醉的時候寫你還在，清醒的時候寫希望你還在。

遇見你以後，我發現時間不再重要，
什麼時候遇見你，都是此生最好的時候。

離開的朋友啊，離開後還做朋友嗎。

害怕的時候我就借用你的名字，嫉妒的時候我就借用你的名字。

你

那天有人問起，這個篇章裡面的「你」這個篇章是寫給誰的呢？為什麼前面感覺很甜，後面卻很難過。

我說，每段關係不都是這樣嗎。

事實上這個篇章確實有明確的對象，分別為三個我最愛的人，我的朋友、我的奶奶、我的女人，她們分別在我還不懂愛的階段出現，用生命教會我不同面向的愛，但同樣的是現在都沒有機會再愛了。

遺憾讓他們在我的世界註定變得更美，這不是太卑鄙了嗎。

他

有天他明白了，

把燈關掉就不會有陰影了。

開燈吧

星星站的那麼遠
是希望為你照亮夜空

每一顆星星都是這樣想
可天空還是一樣暗
從來沒有誰真的做到

開燈吧
每個人都打開自己房裡的燈
就不需要星星了

未完成的電影清單

有幾部電影清單
可以一起劃掉

缺角的票根被誰收著
落地的爆米花沒被撿起來

中途離場的電影
還有沒有播放的必要

無人的戲院
燈還需不需要開

幕後名單不在意這些
依舊默默地滑過
事不關己

電話號碼

你說你從沒換過號碼
像是一扇開著的門

幾個數字
能解答很多問題

我也有過很多機會
但如今我依舊在門外

這讓連窺視都不敢的我
更顯得渺小

希望能讓所有愛而不得的人明白，你只是為了你自己。

告別了昨天的人聲鼎沸以後，每個人都會是第一次遇到。

有些人再也見不到，倒也算不上遺憾。

就算是藍天和白雲，只要沒人抬頭看見，他們便永遠不會在一起。

我知道朋友是階段性的，那我希望可以在這個階段，待好久好久。

有時候就是得相信，世界上就是會有人比你還了解你自己。

連天燈都會墜落了，還有什麼願望能被祂看見。

給暈船仔

你走了以後
我像是沒有錨的船
沒有航向
沒有歸宿

那些不安全感自告奮勇的
決定代替你 伴我一生

在淚水匯集而成的大海上
我們載浮載沉
你浮
我沉

隧道

要我替一座隧道寫故事
我是拒絕的
我想，它也是吧

它有自己的故事
我也有我的
每個踏進來的人都帶著自己幾頁故事
它可能不喜歡我，我也不待見它

它會繼續在這
我會離開這裡

它陪過我
我承諾過它

失信，是生活的一環
希望它能習慣

舊隧道

它是個舊隧道
承載著舊的你

它不能帶你回到過去
也沒辦法彌補任何遺憾

它沒有魔法
有的只有身邊陪你的人

它能帶你去的
不過是比現在更遙遠一點的未來

你能得到的
也不過是多一段不重不輕的回憶

這樣的回憶
在你人生中也許不會少但多一段
也很好

自私

你漸漸知道
他也只是自私的人
和你沒有什麼不一樣

確實，經驗告訴我
大部分的人不配我用誠實的態度對待
誠實大多數時候不會使事情變得更簡單
反而導致尷尬和不避要的浮想聯翩

有的人

有的人喝醉了真情流露
有的人清醒著卻沒留住

有的人出生就被沒收視力還有聽覺
有的人在惱火沒有買到復刻的新鞋

有的人在生氣心願不被成全
有的人得了絕症還是未成年

有的人在餐廳挑剔螃蟹的個子
有的人出生就得天天擔心餓死

有的人為了愛人在往上爬
有的人留了遺言就往下跳

有的人寫了詩卻被嘲笑
也有的人被嘲笑還是沒有逃掉

那樣的朋友

我想要有一個
可以信任的朋友
能夠在我把自己撕碎以後
將我投入包容一切的大海
一片
一片
包容

過了這麼久
我已經放棄尋找了
因為那樣的朋友
不存在
亦或者說
他們總是比我早一步
置身海中

沙灘上的針

剛換過沙的排球場
沙子沒有任何雜質，乾淨柔軟
赤腳踩上去觸感非常好
每個人都非常喜歡
至少在那根針落下前是如此
一根遺落的針埋在了沙堆裡
那座寬敞乾淨的全新沙場
因為一根針
變成了危險場所

我希望我就是那根針
無論我被遺落在哪裡
都會驅走所有的人
沒人敢進來

僅有我一人
能享受沙地的柔軟
以及寬敞的孤獨

蝶

一折
兩折
不同的手心
笨拙的表述著心意

爐火沒有人臉辨識
但彼此的思念是這麼的清晰

大火過境
大雪紛飛
每一片雪花
都帶著溫度
承載著不同程度的思念

伴著蝴蝶
抵達沒人到過的地方

此刻的妳
是否有收到我們的訊息呢？

善終

法醫說是
心臟自然停止
時間到了
無病無痛走的
我看出來了
確實無病無痛
那些病痛
往往只留在還活著的人身上

黑暗它很冤枉

如果沒有見過太陽
誰都能容忍黑暗

但還是有些
見過太陽以後
才喜歡上黑暗的人

而那些人
卻被稱之為病人

奇怪不

如果一束光固執的照進黑暗，那那束光便有罪。

曾經讓我對世界抱有期待的人已經不在了，
今後我只期待再和他相見。

我的世界裡只有一片漆黑，但我想把唯一的出口留給他。

陰影蔓延的比你想的更快更全面，陽光照不到的地方，只有它願意陪你。

需要

人一哭
就要說心裡話

人一難過
就想找個依靠

但人不知道
心裡話會放在心裡是有原因的
依靠也不應該是只有難過的時候才需要

沒有刺的刺蝟

沒有刺的刺蝟
無法保護自己

牠不屬於任何一種生物
甚至不能算是正常

但沒有關係
沒有刺的刺蝟
會有人想保護牠

我們

如果我們又錯過了
那意味著我們還會再見

初戀 1

沒有人的時候，我們偷偷牽手吧。

「天氣好好，我們去散步。」

我想這樣對你說，像是一次肯定的邀請。如果你也微笑著點頭，那我們就要拉勾勾，因為說好了，說謊的人是小狗。

一向害怕承諾的我，在那刻願意相信所有約定都會被實踐。

我會避開那些人很多的地方。我知道你不喜歡太多聲音，我們待在安靜的街角就好。雖然我沒問過你，但我想這時候我們可以把「我和你」稱為「我們」，可以嗎？我知道自己在用詞上總是很謹慎，生怕說錯話。

但這次，我想勇敢一點。

如果我們真的要經過那些吵鬧的地方，我會輕輕替你摀住耳朵，試著分擔你的情緒。還有，我很想在散步時和你聊很多事，聊那些不怎麼重要的瑣事。

你知道我一直都很恐懼講電話這件事，但這次我想鼓起勇氣，在睡前撥通電話給你，想像你會湊到我的耳邊，告訴我一些，你沒有跟別人說過的事情。

我會因為快樂而笑出來，只是希望能讓你知道我的快樂。

月色很好，星星識趣地別過頭，此刻，整片星空下只有我們，那在沒人的地方，讓我們偷偷牽手，好嗎？

初戀 2

陽光正好，這次不要擔心被人看見，我們牽手吧。

陽光很好，微風很舒服，作為邀請你的理由正好，先不考慮越不越矩，因為太陽同意了，微風也沒有阻止。

我想說的是，這次我們不需要再遮遮掩掩，我想牽你的手，去最高的樓，看最遠的風景，去演那些大人不相信的偶像劇情節。

我會用準備了一整晚的故事，和你一起指認十分鐘的星座，我會用尷尬的笑話逗你開心，我想和你好好的當一回男女主角，不會遇難的那種。

所以，陽光正好，這次不要擔心被看見，我們牽手好吧。

初戀 3

不要再等下個週末、下個季節，就現在，我們去約會吧。

接過你的手的那一刻，我已經迫不及待告訴全世界，我已經找到願意陪我淋雨的那個人了。

這才知道，原來不是一個人以後，開始會對每個週末、每個季節抱有期待，規劃行程的時候，把你也規劃進去是幸福和滿足。原來一樣的日子，會因為你變得不一樣。

我會在冬天笨拙的問你手會不會冷，想用這個爛理由牽你的手，不怕被你笑話。我會與你一起相擁在耶誕城的人潮裡，成為耶誕裝飾的一部分。

我知道時間過得很快，但現在我是一刻都等不了了，我們現在就去約會吧。

祝願太可笑了，必須得實現

祝願這世間的雲雨
都能為你而動情

祝願我寫下的一筆一劃
都都為你而共鳴

祝願不再有承諾
只有你我的眼神交匯

祂讓我許下這些
實際上我心想
祝願太可笑了，必須得實現

巧遇的一切都很美好

別告訴我你在哪
讓我自己來找

一但知道在哪
世界一下子就小的像張地圖
只有不知道在哪時
世界才廣闊

我們用大把的時間
各自迷路
探索

很想見你一面
如果能巧遇的話更好

對你說過最真的話，是謊話

我們窮極一生說過這輩子只愛對方
那不是謊話

至少當下是真心這麼認為的
沒有人會在自己承諾的當下
覺得自己無法實現

延續每一個當下
方能成就永遠
可誰又能保證自己是對方想要的永遠

時間在過，感覺在變
所有事情都會變，我們珍惜每個片刻

記錄每一個承載著情感的章節
也許不習慣
也許有遺憾
也許撕心裂肺
也許默默落淚
但哪段故事不是這樣

最好的方法便是做自己
不斷地提升自己
掌握所有事情的選擇權
並讓自己故事裡的每一個章節更加的精彩

如果我們沒有承認過愛，那我們是什麼關係？

害怕太多
是不是沒辦法好好愛

但我害怕
如果我不害怕
可能甚至不會覺得那是愛

那太對不起這段關係了
也太對不起 想再愛一次看看的我了

無聲的回應

有時候
還是會無法忍住點開
再也沒有已讀的對話框
彷彿時間被暫停了似的
再也沒有了下文

無論曾經是什麼樣的關係
朋友情人家人
無所謂
我們不再交換彼此

把剛打的那些拙劣關心
一一刪除
收拾好溢出的情緒
給予成熟且體面的回應

已讀
下午10：15
嗨
下午10：16
最近好嗎

錯過

你早上醒
我早上睡

我曬不到你的太陽
你也淋不到我的雨

就算是你趕走了我的烏雲
我也救不了你的星

我們之間的浪漫名為
錯過

我希望的愛情故事收場是：我愛你，但希望這輩子不要再見到你。

我就想活得糊裡糊塗，偶爾也愛得一塌糊塗。

鬆開手以後，沒有彼此的日子，也應該是好日子，好日子還在，你也還在，只是沒了彼此。

談一場只有我們知道自己在做什麼的愛情吧。在愛裡活、在愛裡死。

如果無人候場，怎麼會擔心冷場。

如果無人離場，笑場也是件美事。

我的部分，我寫，你的部分，我替你寫。

漫畫

我愛你的過程像一本漫畫
平日裡無聊的日常是黑白的
偶爾的精采是彩頁
封面只是演給觀眾看的
在僅有的框格裡面
埋藏不同程度的真心
每翻一遍
就更愛你一點
就算看上去要爛尾了卻也死死拖著
沒想過棄追

讀後心得，張西－葉有慧

最近看了一本書，《張西－葉有慧》，整本書圍繞著「我是誰」的自我矛盾中，過份陷入「我」和「我們」的認知差異，我和她一樣，經常將自己和世界區分開來。

還是會悲傷，但我不再去交換，堅持所有自己的選擇，即便堅持的模樣看上去是那麼的愚蠢，就算是不舒服的選擇，也是我的選擇。

我們同樣都認為自己是錯誤的存在，但沒有想過，這是不是一個錯誤的想法，或許我們都太習慣否定自己了，太過執意要跨過自己的寂寞，卻也因此身陷其中。

「有些傷口難以癒合，是因為裡面有愛」，但我認為不是所有傷口都需要癒合，人也不見得需要愛。

我不怕黑

曾經看過一句話「世界上沒有黑暗，只有光還沒有照到的地方」。

我不知道他是怎麼想的，或者要讓我感受到什麼，但在我看來這不是更令人絕望嗎，光永遠會照在特定的那些人身上，哪怕已經過度耀眼，哪怕得排上好一陣子也孜孜不倦。

好在我不怕黑，也有你在黑暗裡陪我。

不怎麼樣的友誼

快樂翻篇後，沉靜了幾天，我漸漸發現我和他們在一起不需要特別交談，只要一起平靜地吃飯，平靜地健身，就會很開心。

嗯，這正是恆星間的友誼，嗯，也像《新聞聯播》男女主持間的友誼，就是那樣不怎麼樣，但很重要的友誼。

之前有人和我說，我可能本來就不是個很喜歡社交的人，很多時候都覺得我和環境格格不入，比起和別人說話，更喜歡聽人說話，在備忘錄把感受到的情緒用自己的方式記錄下來。

關上房門，活在自己世界，卻又依賴著他人的故事，來窺視門外的一切。

但就是有些人，只要他們在，我就會發自內心的開心，房門沒有不見，但我願意為他們走出來，以前是你，現在是他們。

愛你的人不會在意你的黑暗面？

我一直認為，愛你的人不會在意你的黑暗面，這句話是有漏洞的。

事實上包容都是有個極限的，在看我發病後離開的人，也都曾經對我說過這樣的話，我當然不怪他們，畢竟生病的是我。

也不能總用生病當理由幫自己脫罪嘛，傷害就是傷害，難過和失望不會因為原因減少，身邊的人也沒有義務承擔這些，我比誰都還清楚這些。

那憂鬱症是種病嗎，我是因為生病才憂鬱嗎，還是這才是我？

你不是水，我也不是魚，所以我沒有你也能活下去。

從今往後不會期待歡迎回來，而是患得患失的過著還沒被丟棄的日子。

你重新看了一次對話，彷彿他又愛了你一次。

我可以放棄生命，但不可以放棄你。

孤獨的人為什麼非要湊合，兩個靈魂又入不了同個墳。

知道光跟光能發生的只能是錯過，卻沒想到暗與暗之間也不見得相融。

我向死，而他向生。

風景和快門一拍即合，相片中的你我卻拍完就散。

劍和玉，沒有了彼此也就沒有了意義，我和你也是。

願

有些願望不是為了實現而許下的

謝謝你讓我把第三個願望放在心裡

生的重量壓垮了許多人
但他們卻說
好努力
好偉大
好似所有人都該這樣

而死的解脫卻不讓人提及
是禁忌
是逃避
是所有不成熟的藉口

那也是我對著流星
對著蠟燭
心裡想要
許下的第三個願望

那些聽不見音樂的人說跳舞的人瘋了

那些聽不見音樂的人說跳舞的人瘋了
而他們用輕盈的舞步
踏地

隨鼓點回應
曇花一現
也許幕前的關眾沒人在乎

但你不會知道
或許有些人的永遠不會忘記你的表演

你說，如果這世界是舞台
那觀眾們應該坐哪呢？

和我一起殺死太陽的人

我知道月亮
不會發光

但在我眼裡
月亮正在發光

你不能說他錯
只能說我不懂科學
我只能說你不懂我

不懂我還在等
等一個人
和我一起殺死太陽
一起證明月亮正在發光的人

流星

喝醉的時候
看那些萬家燈火都變成流星
流星墜落我的家鄉
是我展現地主之誼的好時刻
你好，第一次來嗎？
很高興認識你

叩叩叩

我不喜歡按門鈴
更喜歡敲門
電鈴的聲音有種急迫感
而敲門的感覺
更像是
我在，你慢慢來

床底下的怪物也有名字

千萬別讓任何人挖走你的好奇心
那會是你為數不多的驕傲

床底下的怪物
不是今天才住在那

衣櫥裡有另一個世界
這是我和你的秘密

還有
不要告訴任何人你的名字

讓他們使勁好奇

願你
在今後的日子裡
能被記得
但不被認得

那些不可能

是四月份的玫瑰
想在夏日綻放
是落日的夕陽
想和星星作伴
是夜晚的路燈
謊稱是妳的月光
是所有流星
錯估願望的重量
是每次生日我許下的
第三個願望

時間問鯨魚為什麼還愛著大樹

時間給的問題
都是陷阱

鯨魚自己
也不知道答案

大樹甚至不知道
自己被愛過

我不是鯨魚或大樹
我也沒有時間回答你這個問題

我想看看你

想撥開烏雲
看看太陽是不是真的躲在背後

想飛到太空外面
看看天空外面是不是一樣是黑色

想看看小時候許的願望，會變成哪顆星
又或者成為隕石，早已墜落在你我身邊

還有，我想看看你
但不讓你知道

如果真的沒有那麼浪漫

如果我不再提及宇宙和大海
星星會原諒我嗎
如果我給貓選擇的機會
牠會不會並不想活九次
如果白雲穿上了一身黑色衣服
它還能不能叫做白雲
如果我拿走你的糖果
你還願意牽我的手嗎
如果我在寫詩的時候留下標題
你會替我完成它嗎

沒有人懂

星星以為關了燈就沒人看見
恐龍也曾說過來日方長

太陽始終等著一個人
月亮總是辜負他人的等待

大海看著這一切發生
但他沒告訴任何人
反正沒人會懂

沙灘不懂
魚群不懂
你也不懂

所以我說了，沒有人懂

「星星以為關了燈就沒人看見」
是指你即便再低調，你也還是閃耀的，遲早會被注意到的。
「恐龍也曾說過來日方長」
是指我對〝永遠〞和〝拖延〞的諷刺及嗤之以鼻。
「太陽始終等著一個人」
「月亮總是辜負他人的等待」
太陽等待的那個人是月亮，月亮因為各種原因，總是不敢自信地出現在太陽面前，總是等太陽走了，才默默感受太陽曾走過的足跡。
「大海看著這一切發生」
大海一直都在那，它看著星星竭盡所能隱藏自己的閃光點，看著恐龍期盼著未來卻結束在瞬間，看著太陽的等待，和月亮的不自信。
「但他沒有告訴任何人」

「反正沒有人會懂」
大海一直都在，它都看到了，但它什麼都沒說，反正沒有人會聽它的。
「沙灘不懂」
「魚群不懂」
即便臨著沙灘，包裹著魚群，但大海就是大海，沒有人聽它的浪花發出了什麼聲音，沒有人會在意它，漸漸的它也選擇沈默。
最後的
「你也不懂」
就是指沒有人會懂我這篇文章的意思，就像現在。
文字激發想像，想像創造故事，故事串連起來成為我的一部分。
「星星以為關了燈就沒人看見」
你當然也可以解析成，星星以為做了壞事沒有人會看見，但是大海看見了，但他不說。
關於對文字的解析，因為自己的故事有不一樣的想法，是好事，所以我很少解析自己寫的東西。
因為你們有自己的故事，每個人透過我的文字想出自己的故事才是最棒的。
文字就是文字，不必較真，故事比較重要，你們自己喜歡比較重要。

雨

雨，是絕望的代表
它無聲地滲透著孤寂

萬籟俱寂，只剩下雨點的淒涼
如同每一刻累積的失望在嗡嗡作響

聽過當風雨過後就會有彩虹
但風雨不走，它不肯
彩虹也不願意來

展，作品

展後，昨日眾星拱月的展品
如今對折，再對折

曾精心佈置這一切的巧匠
換上了屠夫的圍裙
談笑風生間
決定誰生誰死

署名的作品
成了無名的屍體

每樣作品都是創作者的孩子
而孩子的肖像
正被人踩著

謝謝你策劃了這一切
今天，麻煩你還原這一切

桌上遊戲

我只桌上的一個角色
每具差異甚大的軀體
同個靈魂
同樣的
你擲骰
我就前進

重複一樣的劇本
做出不同的選擇

殺掉怪獸同時
偶爾傷害自己喜歡的人
面對人群也不再只會逃跑
可以名正言順的投靠反派
嘗試各種錯誤的決定

把所有決定交給擲骰，它負全責
反正可以
再來一局

我不好奇後面的世界

大多的情感遞進是這樣的
槍聲響起，直線向前
忽快忽慢，但逐步升溫

但我的腳步
總是在沒人注意的時候
向前兩步，倒退四步

回過神的時候
我和大家同時回到了起點

暗自慶幸沒有被發現
沒人知道，我沒有看過後面的世界

如果我能像說故事那樣 告訴你我的一切

如果有一天我可以
像說著別人的故事一樣
告訴你一些
影響我一輩子的事情

彷彿在說些小事一樣的
把它們說出來
交換彼此

那也許我
也能聽進那些故事
而不用留在裡面

孩子，我們要做一輩子的朋友

我要剪斷所有孩子手裡的氣球
讓他們明白自由有多難過

我要融化所有的甜筒
他們會知道時間會帶走快樂

我要去幼兒園附近便宜賣彩券
從小養成他們賭博的習慣
讓他們知道一個決定可以
改變他們一生

我要你知道我不是好人
但你還是願意拉我的手

我不要自由
也不要時間

我要賭上一切
拉上你的手
和你做一輩子的朋友
永遠當個小孩

真的會有人記得嗎

他們說在所有人遺忘你之前
都不算真的死去
為了讓你活久一些
我決定再堅持一會
我會為你這樣做

那我呢
我的故事結局
是在我死後
還是在我死後的很久以後

那些我以為我記得的

原來，越想念一個人
他的臉會越模糊

這讓我不敢多想
每一次都深怕是最後一次

期許哪天
我不用再想你的時候
你已經出現在我面前

殺時間

鐘錶
讓人們發現了時間
也知道了，是什麼一直追趕著自己

無數個我
來自我生命的不同階段
各自的難過在不停切換

好在不論怎樣的我最後都能
同樣的死在時間手裡

時至今日
我仍無法理解人們說的殺時間
畢竟說這些話的他們
都是死在時間手裡

再也沒有秋天的你

馬上要入秋了
風還沒來
雨也還沒走

還有一些時間
用來道別

讓濃煙趕走了最後幾個
不切實際的夏日情懷

多少個念想盼著
下個季節的重逢

但秋天
遲遲不肯回應

反派魅力

犯錯沒有不好
人不能總對

當迷人的反派
是我的志向

做錯事還能被接受
才是我嚮往的

畢竟我只有在逆向行駛的時候
受人矚目

我好想知道

好想知道
聚會裡出現的那些人
談論自己的時候
是否真誠
笑起來的時候
是不是真的快樂
哭的時候
在不在乎有人看到
離開的時候
有沒有把門帶上

秘密

有時候會想這個世界是不是秘密所構成的呢？還是只是我太不愛說自己的事，才總是讓別人覺得我有太多秘密。我想只是我沒主動提，他們也沒問而已吧，問了我就會說的，但說多了又怕被誤解，說少了有會被當有所保留，說與不說中間好像沒有折衷的空間。

但我現在真的開始有秘密了，我不喜歡。

一個願望換一個失望，是這個世界上最基本的等價交換。

我的夢想是一封信，
被裝進漂在海上孤獨的棕瓶。

祝福沒被看到也沒關係，反正祝福和感謝從來都不是為了給對方看見。

還好在這個世界裡，就算是配角也有屬於自己的故事線。

撞牆期

曾經我以為撞牆期
是每一個熱情的盡頭
直到放棄自己以後
絕望的將自己按死在牆上

我聽見
牆把世界
輕輕分成兩邊的詭計
在牆後都是我想要的東西

那時候我確定了
牆有多厚
就該有多渴望

撞
狠狠地撞

不計後果的嘗試是牆害怕的
更是重拾熱情的
唯一方法

丟

曾被丟掉的東西，被撿回來以後，期待的絕對不是歡迎回來。

有些習慣很難養成，但這樣的事，只要一次，便足夠深刻，深刻到只要難過一次，便很快就能習慣自己是可丟棄的物品。

從今往後不會期待歡迎回來，而是患得患失的過著還沒被丟棄的日子。

曾被丟掉的東西，被撿回來以後，期待的絕對不是歡迎回來。

放棄

實驗不會因為一次失敗
就脫下白袍

這可能是第九百九十九次想放棄
但也代表你已經九百九十八次選擇了繼續

而且我並不認為喜歡一個不喜歡自己的人是一件尷尬的事
要是那份愛是真的，最多有點可悲

但絕不可笑

不倒翁

不倒翁的精神令人敬佩
但他的想法沒人在乎

一次沒倒下
就意味著得堅持永遠不能倒下
撐住就代表著一直都得撐住

他其實一直在等待
能有人重重的推他一把
讓他倒地不起

你是什麼時候長大的？

你是什麼時候長大的？
在發現霸凌你的人
也能收到耶誕老人寄出的禮物那刻嗎？
是寫出第一首作品
被為你好的大人撕碎換成課本的時刻？
是說過會陪你的人
揭開你傷口一去不復返的時刻？

是第一次鼓起勇氣
用刀片劃過手腕的時刻？
還是發現沒有東西能再讓你感到恐怖
只因為你看過自己哭不出來的臉
想起你也熱愛過生活
想起你曾經不是怪物

咖啡

我喜歡的
從來就不是咖啡的味道
而是我在輾轉的時候
能給我一個理由
把失眠怪罪給咖啡
它承諾過
它會認罪
這讓我感到安心
這是咖啡的溫柔

蠟燭的願望

新年新希望
就像生日許下的願望一樣
都是相當誠懇的說著謊
首先騙了自己
再來騙了周圍的人群
最後連蛋糕跟蠟燭也一起騙
毫不留情面

每天都有人生日
日復一日的聽著謊言
蛋糕蠟燭它們早就聽膩了
蠟燭不耐煩的眼神早透露了一切
此時此刻它也在許願
它希望自己可以盡快融化

好奇心害死九條命的貓

好奇心害死一隻貓
但好奇心帶你認識什麼是貓
沒了好奇心
你連死掉的是什麼都不知道
有可能是貓
也有可能是某一部份的你
一個問題
貓死一次

貓之所以擁有九條命
也許是種仁慈
讓你有使勁好奇的機會
然後再全部
怪罪給貓
沒有人問過貓的意見
也許牠們只想活一世而已

明天真的會更好嗎

明天
會更

也不是非要今天，
但今天有意義。

低著頭活著的人

曾經我天真的認為
只要看過陰沉
就會嚮往星辰

後來我才發現
低著頭活著的人
才不在意星空有多燦爛

我知道，但我不想要

我知道條條大路通羅馬
那些成功的人都是這麼說的

但有的人路上會塞車
有人的會遇上車禍

羅馬就在那兒
但不是所有的人都能到達

而且我相信也有的人和我一樣
根本不想去羅馬

或早或晚

他告訴你
或早或晚
所有的黑暗最後都會被光明照亮

但到了最後
同樣是他
用行動證明了
所有的光終將會被黑暗所吞噬

怎麼可能沒事

我其實並不想和那些令我難過的事
擦肩而過

我想把它們留在身邊
時刻體會難受

這樣便沒有理由說服自己
已經沒事了

怎麼可能會沒事
糟糕的事情還會繼續醞釀
總有一刻會聯手把你擊倒的

剛剛好

我突然這麼覺得

或許接下來在我生命中離開的生命
我都僅會用一篇文的時間
哀悼，遺忘

再多是奢侈
再難過是虛偽

剛剛好就好
剛剛好的無話可說

冰面整理

我在冰面上滑行
底下是我曾經丟進湖裡的東西
那些見不得人卻也丟不掉的東西

我找不到一個破口下潛
於是我跳躍 轉身 留下更多痕跡
一直到我也沉在這裡

好在滑過的痕跡很快就消失
和枕頭上的雨
你承諾的誓言

一樣

一起等待
下一次的
冰面整理

冰面滑行

冰面滑行的時候
人群變得不再可怕
人與人之間的縫隙清晰可見

速度快過
耳機裡的節拍
鼓點追不上腳步

好似所有糟糕的事情
都能一滑而過

慶幸自己這次終於
沒有被留住

去他媽的今天明天

如果今天就這樣算了
明天怎麼樣
是不是也
沒那麼重要了

所以不能放棄任何希望
即便根本沒有希望給你放棄
都得咬牙撐著
嚥下

嚥下生活中出現的問號和感嘆號
順手掐掉對未來的期待

每天都有新的快樂，和新的難過，
但快樂會走，難過會留下。

所有美夢起床後都只剩下遺憾，只有惡夢會讓起床後的世界看上去好一些。

所有負面情緒都是最好的創作原料。

偶爾做些蠢事，才能感覺自己活著。

只剩下遺憾的玫瑰

玫瑰綻放後，不是沒有遺憾
而是只剩下遺憾
野生的玫瑰只會凋零
綻放不在它的未來計畫中
遺憾也不會
出現在它的生命裡

玫瑰綻放後，不是沒有遺憾，
而是只剩下遺憾。

請將善意分門別類的放好

脆弱的時候會錯把別人的同情
誤認為了對你的關心

幸福的時候會把逢場作戲的笑容
當作夜晚的星

逞強的時候會錯估漏接的眼淚
擁有的重量

情緒建立在人的自以為
也經常毀於其下
所以
請將善意要分門別類的放好

如果哪天我學會整理，而不是丟棄

在大掃除的時候，丟了一些過期的自己，和一些與時空不相符的情愫。

從老舊的櫃子，搬出了塵封的盒子，我認得它，曾有段時間它是我們最珍貴的東西，裡面堆滿了沒寄出的信，也不知道又藏了多少沒來得及說的話，也到了決定它的去留的時候了。

和預計的不同，大掃除很快就結束了，我發現沒有那麼多東西可以丟了，或許早在每一次有人離開的時候，就被丟的什麼也不剩了。

如果哪天我學會整理，而不是丟棄，我是不是也能知道，怎麼樣面對，而不是逃避。

新的年到來，舊的人是不是都走的差不多了。

目標

追逐目標的時候很亢奮
接近目標的時候最快樂

真正達成後才明白
原來此生無憾的另一個說法
是生無可戀

大半生的追逐結束了
接下來請為自己好好活著

自動推送的回憶

我討厭相簿自動推送的那些回憶
回憶紀念起來
都是難過的

有些回憶連相簿都記不得
只能在暗房找到的快樂
現在屬於誰

快門沒捕捉到的笑容
你幫我收好了嗎？

離場時請注意

我真的沒辦法因為一個人離開
就討厭當初他帶來的所有東西

我不擅長整理
丟棄是我最後的抵抗

但一天的精力有限
那些來不及丟的
遲早會把我淹沒

所以離開的時候
請把回憶留下
垃圾帶走

過往之所以稱為回憶，便是因為回想起來已經沒有任何意義了。

在我好的時候遇到的那些人，都在我不好的時候離開了。

今年也一樣，好多人忘記好多人，好多人代替了好多人。

如果明天真的不會更好，你願意和我留在今天嗎？

文字哪會難過，流淚的分明是打字的人。

如果委屈能找到出處，就不委屈了嗎？

難過也可以笑，不完美也很美。

今天就算了

假如今天難過了
哭了碎了放棄了
就告訴自己
明天都會好的

因為知道
明天是好的

所以今天
就可以算了

比生化戰爭更殘酷的關係

當兩方的生化戰爭開打時
戴著防毒面具的士兵們
並不能知道這場戰役什麼算時候結束

只有在其中一人挺身
拿下防毒面具深吸一口氣的時候
才會知道結果

好在人與人的關係不是這樣
往往不需要說明白
就悄然結束了

不該活著的理由

不該活著的理由很多
未來每向愛多走一步
便多一個

每當我填下一個應該活著的理由
不該活著的理由就會
多冒出幾個

這樣的理由
可大可小
卻都足夠傷人

其實不管有多少理由
如果至始至終
都只為了自己而活
那不想活的時候
也只需要和自己交代就好

接著便等著
下定決心的那天

那晚的拼圖

最近的頻繁夜生活讓我感受到，只有寂寞的人會在人群裡遇到，幸福的人早就遠離人群了。

寂寞即便相擁也不會相融，一加一只會平行的錯過，每個人都拿著酒瓶自顧自的狂歡，偷偷的交換彼此，見不得光，也融不進黑夜，淺嚐每一位陌生人的情緒，再通通攬下。

試著在夜裡找和自己一樣形狀古怪的拼圖，卻越拼越碎。

共同朋友

深夜搭的客運裡
位子很多，卻沒幾個人真的活著
剩下零散的幾個愁容的面孔
安靜的很
幾個是回家
又有幾個是要離開家呢？

看著窗外劃過的黑色
閃爍的燈光
享受此刻寧靜
我們都不是一個人
此刻
我們有個名為寂寞的共同朋友

給我手握酒杯時遇到的每一個人

我沒辦法一直陪你，我的生命正在倒數。

這是她對我說過最浪漫的話了，這句話讓我在好長的一段時間裡，一直對「倒數」兩個字耿耿於懷。

最近認識了很多人，當然也開啟了很多段長短不一的倒數，是酒肉或是交心其實沒那麼重要，我只要知道當下的笑容是因為有你們，或許關係是脆弱且無法預料的，轟轟烈烈或是悄無聲息都一樣值得尊重。

我只希望每段關係都能有兩次非常真心的「很高興認識你」，一次開始，一次結束。

發光

記得有這樣一句話：「一定要站在自己熱愛的世界上，閃閃發光」。

但我總認為這句話還沒說完，我感覺應該是：「一定要站在自己熱愛的世界上，閃閃發光，直到它不再閃耀」。

碎紙機

寫下
一頁過去
一頁未來
翻不到哪一頁是現在

沒有目錄可以導引
在往後的人生來回翻看
在途中留下潦草的筆記

接著輕輕讀完一生
闔上了書本
把自己和所有的故事
扔進碎紙機

（請自行帶入碎紙機的音效）——

牧羊的狼

沒有一個牧羊人會　上羊
沒有一隻羊會感激牧羊人

牧羊人不吃羊肉
但狼會
狼會披上羊皮
而有些羊，也渴望成為狼

牧羊人只是盡職責
沒有權力替羊決定幸福

他比羊更清楚明白
未曾幸福的人
又怎會在意下一個遇見的

是狼
還是羊

無法陳述的那些

一場荒謬的遊戲
慌亂的迷失在其中

在迷宮中徬徨不定
捧著凌亂的骨灰

聽著自己的心跳
嘗試描繪彼此的輪廓
卻只能成為彼此生命的毀滅

倒數

每個人的關係
從認識的那一刻開始
一直都是在倒數
當歸零的時候就是結束

哪怕是轟轟烈烈
或是悄無聲息

頭上的計時器
每段長短不一的倒數
時刻提醒著我們關係的脆弱

永遠只是比當下更久一點的單位而已
永遠不要去推敲永遠有多遠

我只希望每段關係
都能有兩次非常真心的
很高興認識你

一次開始
一次結束

時空膠囊

有多少人長大
就有多少時空膠囊被遺忘

十年五年
其實我們都知道
遺忘，不需要這麼長的時間
我印象中的大人
不是溫暖的模樣

無論你想不想
寂寞和慾望
也會跟著你一起長大

鮮少人還記得
時空膠囊這種小情小愛
原來膠囊裡埋藏的不只是青春過往
時空，是真的也一起被埋在裡面

那天真的會來嗎

假如有一天
楚門走出了世界
伊卡洛斯抵達了終點
薛西弗斯走出新的劇情
薛丁格找到箱子裡的答案

當那天到來
我會相信活著比死亡更有意義

限時動態

就我個人經驗來看
限動越多的人越是寂寞

每一則都是碎片化的自己
在擔心被太多人看到的同時
擔心沒人看到自己

急著分享自己的生活
換取些回應
證明自己還存在

一沒注意發的多了
又恐慌
徬徨
刪刪減減
覺得自己騷擾了好多陌生的人

好嘛
我知道
我也羨慕自己可以不發動態
卻好好過生活的那些日子

還好有二十四小時的限制
但時間到了以後
當時的那些情緒真的能被好好典藏嗎

要爛就爛成潮流，要死就死在夜裡。

破破爛爛的也要詩情畫意。

眼睜睜看鏡子裡的自己，
繼續墜落，將錯就錯。

總有一些東西能讓你平靜下來，音樂就是其中一個，不然美工刀也行。

我們都過著

我們都過著
讀著別人故事
寫著自己書的精彩生活
正因為不知道下一頁內容
才令人期待
也許最後會爛尾
但那也乘載了我的一生

眾生平等

讓這世上所有人都滿意的活法，是不存在的
就算你能做到讓大多數人滿意，也已是心力交瘁

所以有時候，人不妨活得自私一點
讓自己開心，比什麼都重要

不必強迫自己犧牲下去
沒有人生來就低聲下氣

眾生平等，不是說眾生都有一樣的價值
而是說眾生都一樣沒有價值

情感豐富是種天賦

情緒按時推翻生活
沒有預兆也不談後續
每一股情緒爭先恐後地
想佔據身體的主導權
快樂和幸福
勢單力薄

悲傷和寂寞
誰來的時候都沒和我商量一聲
悲傷自以為是就算了
沒想到寂寞也是
被情緒環繞
而我卻感到孤身一人的站在中間

這些東西讓我喜歡明天

我喜歡恐龍、機器人、外星人
所有小男孩都該喜歡的東西
即便我已經長大

我喜歡和別人不一樣
我喜歡有自己的規則
不用和別人解釋

我喜歡看別人笑
我喜歡看別人的眼睛
我喜歡在人群裡面觀察人群
我喜歡紀錄情緒
我喜歡黑色的東西
我喜歡一個人看老電影
我喜歡談及大海和宇宙
我喜歡神話裡的反面教材
我喜歡遇見你那天的天氣
我喜歡能直接說出分開的人
我喜歡願意正眼看我的每一個人

我喜歡現在的生活
我喜歡能坦然說出這句話的自己

最後，我喜歡留一些喜歡的東西
放在心裏，不和妳說

有一首詩，我還沒寫完

有一本書
我還沒翻完
有一則故事
我還沒跟別人說
有一片星辰
我還沒觸及
有一抹晨曦
我還沒品味

有一發子彈
穿過了我
穿過了那片我還沒觸及的星辰
掠過我還沒見過的風景
還有一些愛
我還沒有勇氣告訴你

有些話不需要明說

有些危險需要經歷
有些錯誤需要擁抱
有些傷口需要深挖
有些愛情需要流淚
有些眼淚需要玫瑰
有些恐懼需要照亮
有些破碎需要無視

有些勇敢需要承諾
有些過往需要遺忘
有些早晨需要放手
有些晚安需要嚥下
有些時間需要浪費
有些太陽需要月亮
有些時候需要你在

婚姻

並非不相信愛情
也非不信任婚姻

當 75% 的婚姻注定以悲劇告終
數據卻無法阻止人們前赴後繼

假如今天我告訴你
有 75% 的機會，降落傘無法打開
你會毫不猶豫地拒絕跳下

你或許會說，這不一樣
那是拿命來冒險

但結婚又何嘗不是如此
只是這次，可能牽連的不止一個人

快樂很簡單，但要我做到很難

「快樂也是一天不快樂也是一天，那幹嘛要每天快樂。」

這樣聽起來像刻意叛逆的話，事實上代表著一部分患者的心情，快樂很好，但如果快樂的代價會讓人不快樂好一陣子，那每天快樂真的是我該追求的嗎？

我知道快樂很簡單，對大多數人來說可能是，但你不知道的是，今天的快樂一天，是得用盡全力我才能感受到，每天快樂簡直天方夜譚。

快樂很簡單，但要我做到很難。

我已經做好吃一輩子藥的準備了，往好處想，服藥的我們，一輩子沒有他們長。

無論怎麼選擇都會有遺憾，就連沒有遺憾了本身也是種遺憾。

我心知肚明有些廢話發發限時就好，讓它在 24 小時內發酵，準時的道別。

為什麼每個人都希望有第二次機會，
人生如果還要重來，那也太痛苦了吧。

攢足了失望，就離開

不夠了解我
這沒有關係
攢足了失望
就離開

任誰都一樣
你不特別
我也是

雖然知道
人沒辦法獨活，人總是需要人的
人真的只能被人拯救

雖然知道這些
但我始終認為，還是有些人
不想被拯救

無處可去

你我沒有區別
流落在哪段字裏行間沒有區別

選定好扮演的角色
努力後卻只感到語塞
喜怒哀樂都被一筆帶過

同樣到後來才發現
文字除了回到生活
其實無處可去

真的不是那樣的

看到大家都有新年的計畫，但我什麼想法也沒有，一直覺得這樣好像是很糟糕的事。忽然想起上次有人問我感興趣的事情，我覺得這兩種情緒有點相似。那些跟我無關的事物像在指控我對生活的不夠積極，對生命的不夠熱愛，他們掐著我的頸，要我承認我對生活的感悟越來越少。不是那樣的，真的，不是那樣。

大雨總是下的那麼剛好，洗淨髒污，卻不帶走美好，偏偏能讓人受傷的，都是大雨過後，留下的好。

兩年前的今天，和你說了再見，
而現在，我覺得你一直都沒有離開過我。

永遠要相信自己還能夠找到下一份熱愛，
接著再一次對它失去熱情，依次循環。

在太陽升起前，我會做一些我喜歡的事情，可是我寫了這麼久，為什麼還不曾看見太陽。

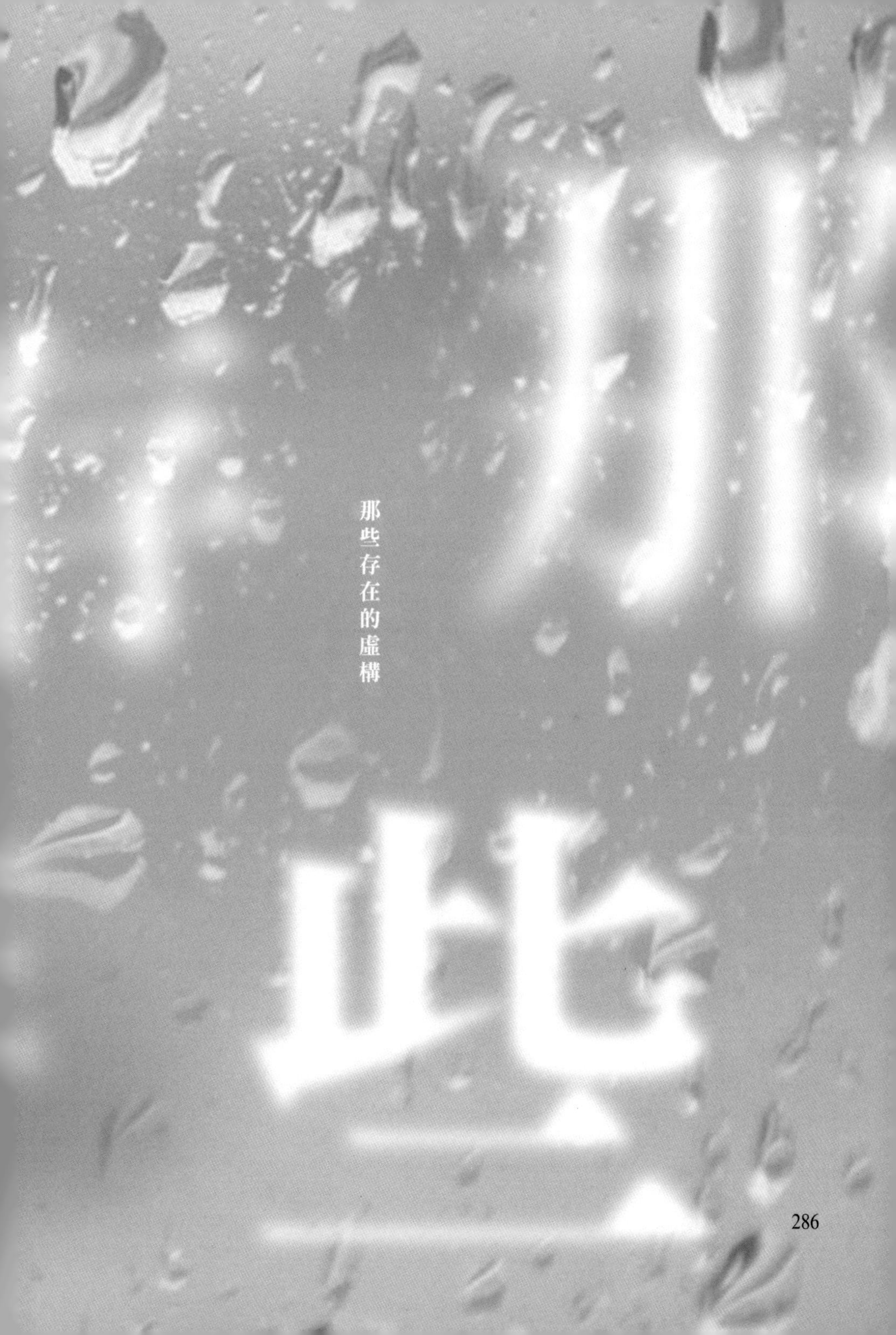

那些存在的虛構

墜落中的伊卡洛斯

踮腳
抬手
揮動翅膀
觸手可得的星空
融化城市的焦點

看那些萬家燈火都變成流星
五彩斑斕很好的避開了我

也是，墜落中的伊卡洛斯
可沒想那麼多

伊卡洛詩

半輩子拿著筆
沒寫過遠方
卻在過去的紙上
積滿墨漬
墜落的伊卡洛斯
沒到過深海
努力只是徒勞
呼救已經太遲
不要有來生的想法 太過兒戲

曼達洛人

信仰很重要
那是我的全部

但你的出現
讓我能
拋下信仰
摘下頭盔

這才發現
原來你才是我的全部
奔向你是我唯一的信仰

午夜呢喃

昨天睡不著的時候寫了一點東西，不知道算是一種預兆，還是就只是巧合。

回憶的敲門聲／階段性的友誼／情感的餘燼／積了一地的灰／四下無人的狼狽／破碎的酒瓶／歡愉的蠟燭／落下的雨水／被灼傷的豔陽／後視鏡的微笑／雲雨的情趣／愛笑的假面／死亡的善意／祂的平凡／薛西弗斯的鞋／不想被看見的流星無惡意的隕石／被打擾的化石／想靜靜死去的恐龍／渴望溺水的仙人掌／箱子裡的貓／宇宙的開場白／舞台中央的燈／不想成為水的雪花／被檢舉的月亮／缺了一角的便條紙

我不確定寫的時候在想些什麼，反正寫出來就是這樣了，也許能成為之後某篇的主題，也許會被埋沒，不過，誰不是呢。

薛西弗斯說，這叫熱情

永遠要相信自己還能夠找到下一份熱愛
然後再對它失去熱情

如薛西弗斯
更似滾動的巨石

途經何處不再重要
雲朵自顧自的化為
過去的熱情

熱情混進山海
漸漸褪色
直至消失

從滾燙到冰冷
到遺忘

最後才發現
輾過的花花草草在都為你鼓掌

皮納塔

你說我是皮納塔
裡頭沒有玩具也沒有糖果
有著帶刺的堅硬外殼
大人小孩都敲不開
所以被丟棄

在森林的一偶
孤單且怪誕的綁在樹上
散著不詳的氣息
拒人千里

十年
百年
無人問津

或許
我存在唯一的目的
就是等一個願意接近我的人
等待一個擁有同等絕望的擁抱
接著把我
狠狠
敲碎

皮納塔的糖果

倒掛著
懸吊著

敲啊
打啊
像美妙的音符
準確地落在每一個傷口

只因為
在已經被砸碎的皮納塔裡
找到了一顆糖果

我羨慕的那些人

羨慕楚門不需要向誰證明自己的存在
羨慕薛西弗斯不需要考慮自己的未來
羨慕伊卡洛斯有個明確的目標去追逐
羨慕羅輯能一手緊握兩個星球的命運
羨慕張麻子他能有一對不利索的腿腳
羨慕霍比能擁有獨自挑戰制度的勇氣
羨慕宋岳庭能死後還是經常被人消費
羨慕蘿絲有著在水平面上孤等的絕望
羨慕小丑有幸能在瘋狂中認識到自我
羨慕死侍能清楚知道自己是虛構人物
羨慕薛丁格有個永遠無法解案的問題

那天我遇見了死神

那天我遇見了死神
第一次看見它
我很害怕
擔心他是來帶我走的
直到他親口和我說
其實從我一出生他就在身邊
以防萬一

他沒辦法阻止事情發生
但他會確保
我離開的時候不是自己一個
至少
從今以後再也不是

科學怪人

沒有目標
並不想被生下來
像是被人肆意製造的
生來就是為了挑戰所有不可挑戰

身體縫縫補補
電流穿行於其中
是克服死亡後新生的生命

面無表情生活
像是害怕被看出情緒而始終壓抑著
行屍走肉般行走
甚至不確定有沒有一顆跳動的心

能確定的是
大腦沒停止過的運作
是一個沒有未來卻活在現在的
科學怪人

海盜

海盜是不會輕易的把到手的寶藏
與人分享
即便它曾經有一部分是你
如今也只是戰利品的一部分
那是只屬於他的榮耀
自私是他必須貫徹的正義

在孤海中漂流必須無所不能
生活無所 悲傷不能
不能忘記的是
上岸時得把巨獸裝飾卸下
以免嚇到陸地的精靈

沙漏

首先再見是多餘的
道歉可以省略
離開不需要心理準備

沙漏漏完時並不會發出聲音
流沙承載的回憶
會在夜裡將你淹沒

但是
請記住
你同樣必須無聲
千萬不能呼救

它會聽見的

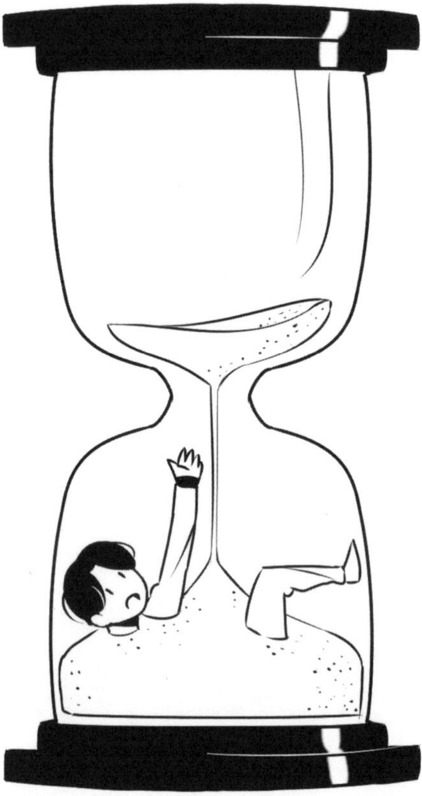

鬼

我要做一個搗蛋鬼
每天藏好妳的
一隻襪子
一邊耳機
一半的心
好讓你每天著急
讓你找他們的時候
順便找我

我要做一個調皮鬼
使你每天忘記
一首喜歡的歌
一篇喜歡的文
一件在乎的事
一個喜歡的人
好讓你和我一樣
只能調皮

我要當一個自私鬼
那剩下的不和你說了！

神說我只是祂提供娛樂的演員

常常聽人說孤獨是一種選擇
但他們不知道的是
這其實和大多數事情一樣
都只是讓你看上去誤以為自己有選擇權
更多時候是被推著走，被迫的決定

我之前也說了
要是天上那位朋友真的存在
我會上去問祂，這樣有意思嗎？
但我也說了，就算是遊戲又怎麼樣
我會是主人翁，我會是改變一切的楚門
那些並不是祂做的

比鷹自由 比魚瀟灑 比貓高傲
因為我自由但不孤獨
擅長遺忘但也懂得珍惜不想忘的人
瞧不起周圍的一切，但會讓他們追逐我

這樣一想，我們確實是神
不用那些花裡胡哨的神力
也能主導自己的想法

需要優越感的話我養狗
需要自由的話我看海
需要孤獨的話我鎖門
我們有的是辦法娛樂自己

電影

我想把和你一起看過的每部電影，
都寫成詩。

電影 - 鐵達尼號《你跳了，我沒有》

沉下去的故事
就該好好待在海底

有些東西
就不該被打撈上來

讓我活下去的誓言
是包裹著希望糖衣的詛咒

你怎麼認為我有勇氣
能在沒有你的世界活到一百歲

你跳了
我還在這
是你不給我機會
和你一起
失溫
凍結
下沉

電影－新橋戀人《我正活在夢裡》

煙火從每一個角落綻放
包括我心裡不見光的房間

我們舞蹈
我們沈醉
靈魂肆無忌憚的相撞

像是第一次熱愛這個世界般
天空是白的
雲是黑的
此刻妳是我的

妳說夢裡見過的人
醒了就該去找他

有些話我沒有明說
那是在見了妳以後
餘生就再也不需要做夢了

我正活在夢裡

電影 -《君を愛したひとりの僕へ》

如果可以
我想在每一個平行世界都愛上你
我想在每一個不同的選擇後
最後都走向你

淋著不一樣的雨
有的撐傘
有的則不

無論哪種版本的我
都能牽著你
伴過平行的四季
品嚐彼此的日常

每一個能遇上你的
都是最幸福的我

電影 -《潘朵拉》

一生求死
唯有此刻想活

不過沒事的
死亡等我夠久了，好在它寬宏冷漠
不會像活著一樣考察我的資格

不會因我活了太久
污染了太多生的空氣，就不讓我死

計畫死亡的時候讓我感覺我還活著
可能是因為有目標了吧

我想被你們看到這麼懦弱的一面
也是輻射的副作用吧

那不是真的我
希望你忘記

你們只需要記得
我是打開潘朵拉盒子的少年
我是關上最後那扇門的那個人
我是盒子裡頭的
希望

電影 -《媽的多重宇宙》

如果每一個決定
都造就一個自己
那我到底是錯過了多少
更好的自己
才活出這樣
無可救藥的我

未完成的電影清單

有幾部電影清單
可以一起劃掉
缺角的票根被誰收著
落地的爆米花沒被撿起來
中途離場的電影
還有沒有播放的必要

無人的戲院
燈還需不需要開
幕後名單不在意這些
依舊默默地滑過
事不關己

影集 -《洛基》

在時間的迷宮裡
我問自己
我之所以為我
是因為我註定失敗嗎？

洛基，命運的囚徒
在無數次的背叛和欺騙中
尋找著答案
每一次重生
每一次墮落
都是命運的玩笑

如果過去和未來
已經被既定
那現在的我
還有什麼意義？

在時間的分支上
每一個選擇
都是既定的幻影
如小丑般在命運的繩索中
掙扎著，尋找自由

我的失敗
是命運的刻痕
還是我的本質？
在無盡的輪迴中
我看到無數個自己
每一個都是失敗的影子

洛基，迷失在時間的旅人
在每一個轉折點
尋找自我的光芒

但命運是無情的
它將我們的希望
碾碎成塵
即使我抗爭
結局仍舊冰冷

過去和未來
或許早已註定
我在這宿命的洪流中
不過是一片浮萍

在這片刻的當下
即使找到了一絲意義
也無法改變那注定的悲哀
我之所以為我
也許就是因為
這無盡的失落与孤寂
本該屬於我

書名：《玖柒自說 - 謝謝你讓我把第三個願望放在心裡》
原著：玖柒
美術圖：無害刺青
總編輯：陳清淵
文字編輯：玖柒
美術設計：黃嵩淵

出版社：飛魚創意股份有限公司
新北市三重區三陽路 42-4 號 8 樓
電話：(02)8985-1108
印刷：承竑設計印刷有限公司
新北市新店區安德街 148 巷 18 號 3 樓
電話：(02)2917-8022
經銷商：聯合發行股份有限公司
定價：350
版次：2024 / 09 月 第一版第一刷
ISBN：978-626-95837-9-9